¿Quién es Taylor Swift?

Kirsten Anderson

ilustraciones de Gregory Copeland

traducción de Yanitzia Canetti

Penguin Workshop

Para Natalie y Nick—GC

PENGUIN WORKSHOP
Un sello editorial de Penguin Random House LLC
1745 Broadway, New York, New York 10019

Publicado por primera vez en los Estados Unidos de América por Penguin Workshop,
un sello editorial de Penguin Random House LLC, 2024

Edición en español publicada por Penguin Workshop,
un sello editorial de Penguin Random House LLC, 2024

Traducción al español de Yanitzia Canetti

Visítanos en línea: penguinrandomhouse.com.

Los datos de Catalogación en Publicación de la Biblioteca del Congreso están disponibles.

Impreso en los Estados Unidos de América

ISBN 9780593888162   10 9 8 7 6 5 4 3 2 1 CJKW

Contenido

¿Quién es Taylor Swift?

Era el verano de 2006. Una estación de radio de música country en Nashville, Tennessee, recibía solicitudes de canciones de los oyentes.

El conductor respondió a una llamada mientras estaba al aire. Parecía una niña.

"Hola, ¿puede poner la canción 'Tim McGraw' que puso antes?", preguntó.

Tim McGraw era una de las grandes estrellas de la música country y tenía muchos éxitos, por lo que el presentador le preguntó qué canción de Tim McGraw quería escuchar.

"La de Taylor Swift".

Mientras escuchaba la radio conduciendo por Nashville, Taylor Swift, de dieciséis años, gritó: "¡SÍ!". Y casi se sale de la carretera. ¡Habían llamado a una emisora de radio para solicitar su nueva canción! Tal vez su sueño de ser una estrella de la música country se estaba haciendo realidad.

A pesar de que Taylor era muy joven, ya había tenido muchas dificultades tratando de entrar en la industria de la música. Le habían dicho que los adolescentes no escuchaban música country y que los adultos no estarían interesados en sus canciones. Había abandonado un trato con una compañía discográfica porque no estaba segura de que le dejaran grabar su propia música.

Pero Taylor sentía que tenía algo que decir. Sabía que había muchas chicas que podrían identificarse con sus canciones. Trataban de adaptarse a la escuela y encontrar amigos. Estaban pasando por sus primeros amores y sus primeras rupturas al igual que Taylor.

Ese día, mientras conducía por una calle de Nashville, sintió que había dado un gran paso en su carrera, pero sabía que era solo un paso. Habría mucho más trabajo por hacer tanto para Taylor como para su equipo, pero estaba preparada para ello.

Taylor Swift planeaba hacer de la música el centro de su vida, y llevaría a sus fanáticos con ella a lo largo de su emocionante viaje.

CAPÍTULO 1
Su vida en una granja

Taylor Alison Swift nació el 13 de diciembre de 1989 en West Reading, Pensilvania. Su padre, Scott, trabajaba en la banca. Su madre, Andrea,

también había trabajado en la banca antes de convertirse en ama de casa. Cuando Taylor tenía dos años, nació su hermano Austin.

Taylor y su familia vivían en una granja de árboles de Navidad que su padre había comprado. Todas las mañanas, Scott se levantaba temprano para hacer las tareas de la granja antes de ir a la oficina. El resto de la familia colaboraba con otras tareas, especialmente durante la Navidad. La tarea

de Taylor era recoger los huevos de mantis religiosa de los árboles para que no eclosionaran en los hogares de la gente. La emoción de la Navidad en la granja hizo que Taylor amara por siempre la temporada navideña.

La familia también tenía caballos en la granja, y Taylor comenzó a montarlos a una edad temprana. Compitió en torneos de equitación y su madre soñaba con que se convirtiera en campeona de equitación cuando creciera. Pero Taylor se sentía atraída por otra cosa.

Desde que pudo hablar, Taylor comenzó a cantar. Sacaba melodías en pianos de juguete y aprendió todas las canciones de sus películas favoritas de Disney. Cuando tenía seis años, sus padres la llevaron a un concierto de la joven estrella de country LeAnn Rimes. Taylor estaba encantada. Comenzó a escuchar a otros artistas de country como Faith Hill, Shania Twain y las Dixie Chicks (ahora conocidas como The Chicks). A Taylor le fascinaban las historias que contaban las canciones country. A veces, cuando terminaba una canción que le gustaba, ella continuaba la historia con versos que inventaba.

Taylor actuó en obras de teatro infantiles. A
los nueve años comenzó a tomar clases de canto y
actuación en la ciudad de Nueva York. Sus padres
le regalaron una guitarra, pero era muy grande
para su tamaño y perdió el interés en ella.

Pero Taylor todavía quería cantar. Les pidió a sus padres que la llevaran a restaurantes que tenían concursos de karaoke, donde se podía cantar siguiendo la música de canciones populares. Encontró eventos deportivos donde podía cantar el himno nacional antes de un juego. Eso la

ayudó a acostumbrarse a actuar frente a grandes multitudes. ¡Incluso llegó a cantar el himno nacional frente a miles de personas en un partido de baloncesto de los Philadelphia 76ers! A Taylor le encantaba que el público la aplaudiera. Siempre quiso complacer a la gente.

Ya Taylor sabía que quería convertirse en cantante de música country. A los once años, le rogó a su madre que la llevara a Nashville, la cuna de la música country, para intentar conseguir un contrato discográfico. Taylor y su madre fueron a todas las oficinas de las grandes compañías discográficas del famoso Music Row de Nashville. En cada una, Taylor dejaba una grabación de

sus actuaciones de karaoke. Pero a ninguna de las compañías discográficas les interesó. Muchos productores y ejecutivos pensaban que los adolescentes no escuchaban música country.

Taylor estaba decepcionada, pero no quería darse por vencida. Ahora entendía que conseguir un contrato discográfico no era fácil. Necesitaba encontrar una manera de destacarse.

En la escuela secundaria, Taylor se destacó por equivocarse en todo. Sus amigos la llamaban "la insoportable" y se burlaban de ella por lo mucho que seguía las reglas. Algunos días, nadie le hablaba. Cuando se sentaba a la mesa del almuerzo, las chicas se levantaban y se iban. Taylor sentía que la única amiga que tenía era su madre.

Pero sabía que siempre podía animarse con la música. Cuando Taylor tenía doce años, comenzó a tomar clases de guitarra con un músico local llamado Ronnie Cremer. Se enamoró de la guitarra y practicaba durante horas al día. Luego, Taylor comenzó a componer sus propias canciones.

Siempre le había gustado la escritura y la poesía, por lo que solo faltaba ponerle música. Taylor canalizó en sus canciones toda la anguista y el dolor que sentía por sus luchas en la escuela.

Taylor había estado buscando una manera de destacarse de los otros cantantes, especialmente de los de Nashville. Y ahora la tenía. No era solo cantante, era letrista.

CAPÍTULO 2
Asumir el riesgo

En 2003, Taylor firmó con el mánager Dan Dymtrow, quien había ayudado a otros músicos jóvenes. Este le consiguió algunos trabajos de modelaje y le presentó importantes ejecutivos de compañías discográficas.

Dan Dymtrow

Cuando Taylor tenía trece años, RCA Records le firmó un contrato de desarrollo. Trabajarían con ella durante un año, y si les gustaba su progreso, le harían un álbum. No era una garantía, pero RCA era una de las compañías discográficas más grandes de la música. Significaba que Taylor tenía un futuro prometedor.

Los padres de Taylor comprendieron que era hora de irse de Pensilvania. Su padre se trasladó a una oficina de su empresa en Nashville, y la familia se mudó a Hendersonville, un suburbio en las afueras de la ciudad.

Taylor se sintió más feliz asistiendo a la Hendersonville High School. En Hendersonville, nadie veía nada extraño en tratar de convertirse en cantante de country porque mucha gente conocía a alguien en el negocio de la música.

En su primer día de escuela, Taylor encontró a su mejor amiga, Abigail Anderson. A menudo compartía sus canciones con ella antes de llevárselas a alguien más. A Taylor le ayudó estar rodeada de personas que apoyaban sus sueños.

Abigail Anderson con Taylor

En 2004, Taylor tomó una gran decisión. Su contrato con RCA estaba a punto de ser renovado. La compañía pensó que no estaría lista para hacer un álbum hasta que cumpliera dieciocho años.

Taylor no quería esperar cuatro años más, y no renovó su contrato. Esto era un gran riesgo. Cualquier músico de Nashville hubiera hecho lo imposible por un contrato con una compañía como RCA. Pero Taylor sentía que no era justo para ella.

Ella volvió a actuar en concursos de talento en Nashville. Taylor envió paquetes promocionales con grabaciones de su música a compañías discográficas y editores de música. Aunque su contrato con RCA no había funcionado, sí la ayudó a conocer gente en el negocio y tuvo la oportunidad de cantar para ellos.

Una noche de noviembre de 2004, el riesgo de Taylor comenzó a dar sus frutos. Tuvo la oportunidad de actuar en el Bluebird Cafe, uno de los lugares de música en vivo más famosos de Nashville. Muchos artistas populares de country se

habían iniciado allí. Taylor interpretó tres de sus canciones originales esa noche.

Entre el público estaba Scott Borchetta, un ejecutivo de Universal Music Group, otra gran compañía discográfica. Taylor había cantado para él recientemente y mencionó su próxima aparición en el Bluebird Cafe. Después del show, Scott le dijo a Taylor que quería ofrecerle un contrato discográfico. Pero planeaba dejar Universal Music Group para comenzar su propia compañía discográfica y no podría firmarla hasta 2005. Taylor prometió pensar en su oferta.

Scott Borchetta

Mientras tanto, Sony/ ATV, una editorial musical, le ofreció un contrato como letrista. A los letristas les pagan cada vez que su canción es

tocada o interpretada, incluso por otros artistas. Escribir una canción de éxito es una forma de ganar mucho dinero en la industria de la música. En Sony/ATV, Taylor trabajó con letristas conocidos y aprendió de ellos. Los coautores de Taylor descubrieron que ella necesitaba poca ayuda. Una de sus coautoras, Liz Rose, dijo que a menudo solo ayudaba a editar las canciones que Taylor había escrito.

Liz Rose

Diez días después del concierto en el Bluebird Cafe, Taylor llamó a Scott Borchetta y accedió a esperar para firmar con su nueva compañía, Big Machine Records. Pensaba que una pequeña compañía podría prestar más atención a su desarrollo como artista.

Taylor aprovechó el tiempo entre el acuerdo

verbal con Scott Borchetta y la firma del contrato oficial para escribir más canciones. Una de estas canciones se le ocurrió durante una clase de matemáticas. Un chico con el que había estado saliendo terminó su relación porque se iba a la universidad. Escribió sobre las cosas que esperaba que él recordara de ella, incluida su canción favorita de Tim McGraw. Después de la escuela, terminó la canción con Liz Rose.

En el otoño de 2005, después de firmar su

contrato, Taylor comenzó a grabar su primer álbum. El 19 de junio de 2006, fue lanzada su canción "Tim McGraw" como sencillo en las estaciones de radio. Borchetta sabía que era una buena canción y que el título llamaría la atención de la gente.

Una noche, Taylor la escuchó como parte de un "desafío de canciones" en una popular estación de radio de Nashville. La estación ponía una nueva canción, y luego los oyentes podían llamar para decir si les gustaba o no. Taylor se sentó nerviosa en su auto con sus amigas, escuchando cómo votaban las personas que llamaban. Para su alivio, a la gente le gustó su canción, ¡y una oyente incluso le pidió al locutor de radio que la volviera a poner!

CAPÍTULO 3
El mejor día

Taylor recibe CDs de su canción "Tim McGraw"

Lanzar una canción fue fácil. Conseguir que la gente la escuchara requirió trabajo. Taylor y su madre visitaron tantas estaciones de radio country como les fue posible. En cada una, Taylor tocaba sus canciones para los directores del programa.

A veces llevaba galletas caseras para tratar de ganárselos. Taylor incluso actuaba en pequeños conciertos al aire libre donde ponía carteles con su nombre.

Taylor encontró una forma de llegar a más oyentes. Myspace fue una de las primeras plataformas en las redes popular entre los jóvenes.

Taylor publicaba fotos, escribía sobre su vida y respondía preguntas. Antes de las redes sociales, era muy difícil para los fans conectarse con sus estrellas favoritas. Al seguir a Taylor en Myspace, sus fans la sentían como una amiga. Las compañías discográficas y los músicos más viejos no usaban las redes sociales. Pero estas ayudaron a Taylor a crear una base de fans leales.

El primer álbum homónimo de Taylor fue lanzado el 24 de octubre de 2006. Sonaba como la música country tradicional, con guitarras

y banjos acompañando las canciones. Pero los temas trataban sobre las experiencias románticas de los adolescentes, y cómo ser aceptada en la escuela. Ya en junio de 2007, el álbum había vendido más de un millón de copias.

En 2007, Taylor realizó una gira como telonera de algunas de las estrellas más importantes de la música country, como George Strait, Brad Paisley y Keith Urban. ¡Taylor incluso lo hizo para Tim McGraw y su esposa, Faith Hill!

Faith Hill y Tim McGraw con Taylor en los Premios de la Academia de Música Country, 2007

Después de los shows, pasaba horas firmando autógrafos para los fans. Los fans de Taylor habían desarrollado un apodo: Swifties.

Mensajes secretos

Taylor se preocupa por todo lo que escribe, y quiere asegurarse de que la gente lo lea. Desde su primer álbum hasta *1989*, ha escondido mensajes en las letras de sus canciones. La mayoría de las letras las ha escrito en minúsculas, pero algunas letras las ha escrito en mayúsculas. Las letras mayúsculas deletrean nombres o frases. Los fans se dieron cuenta, y rápidamente esto se convirtió en un juego para que decodificaran el mensaje oculto en cada canción.

Taylor también pone pistas y acertijos en sus videos, en redes sociales e incluso en sus presentaciones en vivo. Dijo que le encanta que sus fans disfruten del juego de adivinanzas. "Porque mientras les guste, seguiré haciéndolo. Es divertido. Se siente travieso y juguetón".

Debido a su apretada agenda, Taylor tuvo que ser educada en casa. Hacía sus tareas escolares en aeropuertos o en autobuses turísticos. Cuando no estudiaba, escribía y grababa canciones para su nuevo álbum. Había trece canciones en el álbum. A Taylor le gustaba encontrar símbolos y conexiones en los números, y su favorito era el 13.

Fearless fue lanzado el 11 de noviembre de 2008. Taylor explicó que "valentía es volver a

 levantarse y luchar por lo que quieres una y otra vez... aunque cada vez que lo hayas intentado antes hayas perdido. Valentía es tener fe en que algún día las cosas cambiarán". *Fearless* fue un gran éxito, pasando once semanas en el número uno de la lista *Billboard* 200. Cuatro de las canciones del álbum original alcanzaron el *top ten* en las listas de *singles*.

Taylor comenzó su primera gira como artista principal en 2009, cuando tenía diecinueve años. Fue un gran espectáculo, con bailarines, decorados y vestuarios a juego con las canciones.

Pero los momentos más memorables fueron los más sencillos. Durante algunas canciones, Taylor se acercaba al público para saludar a los fans. Y a lo largo del show, su mamá buscó a los fans con los mejores carteles, los disfraces más creativos o los más emocionados. Esos fans fueron llevados al *backstage* después para una "T-Party", donde conocieron a Taylor y se tomaron fotos con ella.

En septiembre de 2009, Taylor fue a los MTV

T-Party con Taylor, 2009

Video Music Awards. Su canción "You Belong with Me" fue nominada al premio al Mejor Video Femenino y estaba programada para interpretarla. Muchas grandes estrellas de la música también estarían entre el público.

Taylor se sorprendió cuando la eligieron ganadora del premio al Mejor Video Femenino. Subió al escenario y abrazó a los presentadores antes de recibir su premio. Pero justo cuando comenzaba su discurso de aceptación, el rapero Kanye West saltó al escenario. Le quitó el

micrófono de la mano a Taylor y anunció que Beyoncé, que también estaba nominada al premio, tenía "uno de los mejores videos de todos los tiempos". Quiso decir que Beyoncé debería haber ganado en lugar de Taylor.

La multitud abucheó a Kanye. Pero para Taylor, congelada en el escenario, sonó como si la estuvieran abucheando a ella. Tal vez pensaban igual que Kanye, y ella no merecía estar allí. Taylor estaba destrozada. Bajó del escenario en silencio y lloró con su madre. Pero no tuvo mucho tiempo para recuperarse porque tuvo que volver a salir al escenario para cantar. Más tarde, cuando Beyoncé ganó el premio al Video del Año, invitó a Taylor al escenario para que terminara de dar su discurso.

El incidente se convirtió en una gran noticia en todas partes. Kanye se disculpó con Taylor públicamente en Internet, y luego los dos hablaron en privado sobre lo ocurrido.

Pero la historia no se olvidaría. Algunos

pensaban que la vergonzosa interrupción había sido buena para la carrera de Taylor. Antes del espectáculo, era famosa entre los amantes de la música country y las adolescentes. Ahora, todo el mundo hablaba de Taylor y Kanye. A Taylor le preguntaban mucho sobre el incidente, incluso cuando decía que no quería hablar más de ello.

Ese momento la perseguiría durante años.

CAPÍTULO 4
Subir y luego caer

La victoria de Taylor y su nueva popularidad condujeron a otras oportunidades. Escribió dos canciones para *Hannah Montana: The Movie* y obtuvo su primer papel como estrella invitada en un episodio de la popular serie de TV *CSI: Crime Scene Investigation*. Interpretó a una adolescente rebelde cuya personalidad era completamente opuesta a la de Taylor, que era muy alegre. Todos

Taylor actuando en *CSI: Crime Scene Investigation*

quedaron impresionados por sus habilidades de actuación. En el otoño de 2009, filmó un papel en la película *Valentine's Day* y escribió una canción para la banda sonora.

Fearless ganó el premio al Álbum del Año en los premios de la Academia de Música Country y de la Asociación de Música Country en 2009. Luego ganó 4 premios Grammy en 2010, incluido el mayor honor de la noche, Álbum del Año.

Taylor sostiene sus premios Grammy, 2010

Para Taylor, eso fue un sueño hecho realidad,
pero no todo salió bien. Durante un dueto con
la leyenda del rock Stevie Nicks en los Grammy,
Taylor desafinó. Después, la gente hablaba de lo
mal que sonó. Un crítico musical al que nunca

le había gustado la voz de Taylor dijo que eso demostraba que ella no podía cantar.

No era la primera vez que la gente notaba que Taylor no tenía una voz fuerte para cantar. Sabía que no tenía el rango ni el poder de otros cantantes, por lo que siempre se había defendido diciendo que ante todo era letrista. Su voz era solo una forma de contar sus historias. Pero en lugar de sentir lástima por sí misma, Taylor usó las críticas como motivación y recibió más entrenamiento vocal para desarrollar fuerza y aprender a usar mejor su voz.

Taylor también sabía que muchos en el negocio de la música no creían que ella escribía sus canciones. Pensaban que sus coautores lo hacían por ella. Así que para su próximo álbum, escribió todas las canciones ella sola. La canción "Mean" fue una respuesta al crítico que se quejó de su voz. En "Back to December", escribió sobre los errores que había cometido en una relación.

Taylor llamó al álbum *Speak Now*. En las notas sobre el álbum, ella explicó lo arrepentida que estaba de no haber hablado sobre sus sentimientos en diferentes momentos de su vida. Animó a sus oyentes a no cometer el mismo error.

Speak Now fue lanzado el 25 de octubre de 2010. Pasó un total de seis semanas en el primer lugar de la lista *Billboard* 200 de EE. UU.

Las canciones de *Speak Now* gustaron. Pero las letras de muchas de ellas también desencadenaron un juego de adivinanzas entre los oyentes.

En sus primeros álbumes, los enamorados sobre los que Taylor escribía eran personas de la escuela secundaria. Pero ahora Taylor conocía gente famosa en Hollywood. Se hizo amiga de actrices como Selena Gómez y Emma Stone. En el 2008 salió con Joe Jonas, miembro de la banda Jonas Brothers y estrella de los musicales de Disney. En una canción de *Fearless* se narra cómo él rompió con ella en una llamada telefónica. *Speak Now* tenía más canciones sobre Joe, así como sobre Taylor Lautner, una joven estrella de cine con la que había salido durante el rodaje de *Valentine's Day*. "Dear John" es una canción que refleja amargura y se cree que trata sobre su breve relación con John Mayer, un cantautor mucho mayor que ella.

Taylor pensaba que esto no era un problema.

Taylor y Selena Gómez

Incluso bromeó al respecto durante la gira de *Fearless* y mientras presentaba un episodio del programa *Saturday Night Live*. Los letristas masculinos siempre habían escrito sobre sus romances. Taylor sentía que solo escribía honestamente sobre su vida.

Taylor presenta *Saturday Night Live*, 2009

Muchos padres veían a Taylor como un modelo a seguir. Era educada y no luchaba contra la adicción o el comportamiento difícil como otras celebridades adolescentes. A los padres les gustaba que sus hijos escucharan la música y fueran a los conciertos de Taylor porque era una niña buena.

Ella trataba de ser perfecta, pero no era fácil. A Taylor le preocupaba cómo sus acciones afectaban a sus jóvenes fanáticos. Se sentía responsable de ellos y temía cometer errores. Era mucha presión para una sola persona.

CAPÍTULO 5
Historias de amor

La gira mundial de *Speak Now* comenzó en febrero de 2011 y duró hasta marzo de 2012. Diferentes cantantes fueron invitados a los espectáculos con Taylor, incluidos Selena Gómez, Hayley Williams, Justin Bieber, Nicki Minaj y Usher. Antes de cada concierto, Taylor escribía letras de una canción en su brazo. Algunas eran

solo líneas de sus canciones. Otras las elegía según su estado de ánimo esa noche. Los fans se divertían adivinando el significado. También continuó con las reuniones de la "T-Party" después de cada espectáculo.

Para su próximo álbum, Taylor quiso probar un nuevo género. Si bien grabó algunas canciones de estilo country, también decidió trabajar con productores discográficos que habían ayudado a crear éxitos pop. Los productores ayudan a los músicos a elegir los ritmos, los instrumentos que se tocarán y los efectos que se pueden añadir a una grabación. Un productor puede cambiar la forma en que suena una canción.

Taylor llamó al álbum *Red*, porque trataba de emociones fuertes o "rojas". Muchas de las canciones trataban sobre un romance que terminó mal. Los fans adivinaron que se trataba de la corta relación de Taylor con el actor Jake  Gyllenhaal. Taylor lo llamó su "único álbum de ruptura verdadero".

Red, lanzado el 22 de octubre de 2012, se convirtió en el tercer álbum número uno consecutivo de Taylor. La canción "We Are Never Ever Getting Back Together" fue su primera canción número uno en la lista *Billboard* Hot 100. La gira de *Red* duró desde marzo de 2013 hasta junio de 2014.

Aunque las canciones más escuchadas de *Red* fueron éxitos pop, Taylor todavía era considerada una gran estrella del country. En los Premios de la Asociación de Música Country en el otoño de 2013, recibió el Premio Pinnacle, el más alto honor de la música country. Este solo se había entregado una vez antes, al cantante Garth Brooks.

En octubre de 2013, Taylor asistió a la inauguración del Taylor Swift Education Center en el Country Music Hall of Fame and Museum en Nashville. Taylor donó cuatro millones de dólares para la creación del centro. El centro realiza exhibiciones sobre música y enseña a los estudiantes a escribir canciones y tocar instrumentos musicales.

Taylor era una de las cantantes más famosas del mundo, pero trataba de llevar una vida normal. Le dedicaba tiempo a sus amigas, incluida Abigail, su mejor amiga de la escuela secundaria. Taylor ama sus gatos, y comparte fotos y videos de estos en las redes sociales. Una de las gatas se llama Meredith Grey, en honor a un personaje de una de sus series favoritas, *Grey's Anatomy*. La otra, Olivia Benson, obtuvo su nombre de un personaje de otra serie de la TV, *Law & Order: SVU*.

A Taylor también le gustaba conocer y salir con nuevas personas. Salió brevemente con Conor Kennedy, miembro de la familia Kennedy, y con el cantante de One Direction Harry Styles. Pensaba que era normal que una joven de unos veinte años conociera diferentes personas.

Taylor y Harry Styles

Pero para muchos, las citas de Taylor se habían convertido en una fuente de entretenimiento. Los presentadores de programas de entrevistas hacían comentarios groseros sobre la cantidad de hombres con los que Taylor había salido. Los comediantes y los presentadores de programas de premios le advertían jocosamente a los hombres que se mantuvieran alejados de ella porque podría escribir una canción despiadada sobre ellos.

Taylor se sentía profundamente herida por esto. Quería ser conocida por sus composiciones, no por con quién había salido. Era la primera vez que la atacaban por su vida privada. Pero no sería la última.

CAPÍTULO 6
Bienvenida a Nueva York

Taylor había vivido en Nashville desde que tenía catorce años. A principios de 2014, decidió que necesitaba un cambio y, con solo veinticuatro años, se mudó a la ciudad de Nueva York.

Como los fotógrafos seguían a Taylor a todas partes, tuvo que contratar guardaespaldas. Pero aun así disfrutaba de la vida en la ciudad tanto como podía. A Taylor se le veía con frecuencia en restaurantes, de compras o en el gimnasio. Se cortó el pelo largo y ondulado por los hombros. Salió con modelos como Karlie Kloss, Gigi

Hadid y Martha Hunt, y con jóvenes estrellas de Hollywood como Selena Gómez y Hailee Steinfeld. Eran fotografiadas juntas constantemente. Las llamaban el "escuadrón" de Taylor. Ella nunca olvidó cómo se sentía en la escuela secundaria cuando la intimidaban o no la aceptaban. Ahora estaba emocionada de tener tantas amigas.

Taylor quería experimentar las cosas maravillosas que la gran ciudad ofrecía, pero sabía que siempre habrían ojos observándola. A veces, los sitios web publicaban fotos en las que Taylor se veía con sobrepeso. Comenzó a saltarse comidas o a hacer mucho ejercicio si sentía que había comido demasiado. A menudo, durante los espectáculos, se sentía sin energía por haber comido poco. Ella pensaba que estaba bien. Pero no era cierto. Estaba luchando con un trastorno alimenticio. Al igual que muchas personas con trastornos alimentarios, no reconocía que tenía un problema y que llevaba un estilo de vida poco saludable.

Pero, como siempre, Taylor encontró la paz en su música. Además de mudarse a una nueva ciudad, decidió alejarse por completo de la música country. Sus nuevas canciones estaban llenas de sonidos electrónicos muy populares en la música de los años ochenta que amaba. En lugar de violines y banjos, sus canciones incluían sintetizadores y cajas de ritmos. Llamó al álbum *1989*, año de su nacimiento. Dijo que fue un renacer de sí misma como artista.

De septiembre a octubre de 2014, Taylor llevó a cabo una serie de "sesiones secretas" para *1989*. En Nashville, Los Ángeles, Nueva York, Rhode Island y Londres, los *superfans* fueron invitados a un lugar donde conocieron a Taylor y escucharon *1989* por primera vez. En cada sesión, ella ofrecía pizza y galletas caseras. Hablaba con

todos y se tomaba fotos con ellos. Con esto Taylor pudo mostrar su gratitud y le ayudó a generar entusiasmo por el álbum.

El 27 de octubre de 2014 fue lanzado *1989*.

Rápidamente se disparó al primer lugar en las listas de *Billboard* y vendió millones de copias. El éxito de *1989* llegó en un momento difícil para la industria musical. En lugar de comprar los álbumes, los oyentes utilizaban la transmisión en directo que les permitía escuchar cualquier canción de cualquier artista. Aunque estos servicios de transmisión ofrecían opciones especiales que requerían que los usuarios pagaran una tarifa, la mayoría de los servicios tenían una opción de escucha básica que era gratuita. Los músicos ganaban menos por las transmisiones digitales de una canción que por la venta de un álbum físico o un sencillo.

Taylor desafió este sistema. A principios de noviembre, eliminó toda su música de Spotify, uno de los mayores servicios de *streaming*. Argumentó que la compañía les pagaba muy poco a los artistas por su música. En junio de 2015, Taylor anunció que mantendría a *1989* fuera de otro servicio de *streaming*, Apple Music, porque no les pagaba a los artistas de manera justa. Apple cambió rápidamente su método de pago y Taylor accedió a mantener su música en él.

Taylor se enfrentó a un reto más personal en 2015. En abril, a su madre le diagnosticaron cáncer. Andrea completó con éxito el tratamiento para su cáncer, pero fue un gran susto para Taylor. Consideraba a su madre su mejor amiga y la quería con ella el mayor tiempo posible.

En mayo, Taylor lanzó un video de su canción "Bad Blood". En el video, la estrella de veinticinco años y su equipo de amigas famosas representaron una historia sobre una amiga que traicionó a Taylor.

Este fue filmado como una película de acción, y ganó el Grammy al Mejor Video Musical.

Escena del video musical de "Bad Blood"

Cuando los reporteros le preguntaron, Taylor insinuó que la canción trataba sobre la traición de una amiga real. Los fans usaron pistas para adivinar que Taylor hablaba de la cantante Katy Perry. Más tarde, Katy explicó que algunos bailarines con los que solía trabajar habían ido a una de las giras de Taylor. Pero cuando Katy comenzó a preparar su propia gira, los bailarines le dijeron a Taylor que iban a dejar su gira para ensayar con Katy. Katy pensó que era correcto que volvieran con ella.

Pero al parecer Taylor pensaba que Katy estaba tratando de arruinar su gira de *1989*.

Algunos cuestionaron las acciones de Taylor.

Katy Perry

Había dicho que para ella era importante apoyar a otras mujeres. Sin embargo, había escrito una canción y hecho un video para vengarse de una examiga por un simple malentendido. Eso no fue apoyo, eso fue ofensivo. Para algunas personas, Taylor y su equipo parecían un grupo de chicas malas.

Aun así, la mayoría de las cosas iban bien para Taylor. Su decisión de dejar la música country y centrarse en un estilo pop le había funcionado bien. Se convirtió en una de las artistas más populares del mundo. En una entrevista de octubre de 2015 dijo: "No hay nada que cambiaría de mi vida".

CAPÍTULO 7
Antihéroe

El 2016 comenzó bien para Taylor. Ganó varios premios Grammy en febrero, incluido el Álbum del Año por *1989*, convirtiéndose en la primera mujer en ganar ese premio dos veces como solista. Pero unos días antes de la ceremonia de premiación, Kanye West interpretó su nueva canción "Famous" en un desfile de modas. En la canción, se atribuía el mérito de haber hecho famosa a Taylor y usaba palabras que la molestaron. Después de que ella se quejara de su letra, Kanye le dijo a los medios que Taylor la había aprobado antes de ser lanzada. Los representantes de Taylor dijeron que Kanye solo le había preguntado a Taylor si podía lanzar la canción en su cuenta de Twitter. Taylor había dicho que no.

Al aceptar su premio Grammy al Álbum del Año, Taylor les dijo a las mujeres que no dejaran que los hombres se atribuyeran el mérito de su trabajo. Se refería claramente a la afirmación de Kanye de que él la había hecho famosa.

A principios de junio, Taylor rompió con el DJ Calvin Harris y comenzó a salir con el actor Tom Hiddleston. Las fotos de la nueva pareja aparecieron por todas partes, por lo que algunos afirmaron que la relación era falsa. Dijeron que Taylor solo estaba tratando de distraer la atención sobre la historia de Kanye West.

Luego las cosas empeoraron aún más. En abril, Calvin y la popular cantante Rihanna lanzaron una canción llamada "This Is What You Came For". Los letristas figuraban como Calvin Harris y Nils Sjöberg. Pero el 13 de julio, salió una noticia que revelaba que Nils Sjöberg era realmente Taylor. Ella había escrito la canción con ese nombre porque quería que la gente hablara de la canción, no de su relación con Calvin. Pero Calvin pensó que Taylor había filtrado la información a propósito. Se quejó en las redes sociales de que Taylor estaba tratando de quitarle el crédito.

El 16 de julio es el Día Mundial de la Serpiente. Ese mes, Kim Kardashian, la esposa de Kanye West en ese momento, llamó serpiente a Taylor en las redes. Luego lanzó un videoclip de la llamada que Kanye le había hecho a Taylor sobre su canción "Famous". En este, Taylor parecía estar de acuerdo con las palabras que Kanye usaba. Incluso le agradeció por preguntarle primero.

Taylor respondió que el videoclip solo mostraba una parte de la llamada telefónica. Ella dijo que las palabras que él usó en la canción eran diferentes a las que ella había aprobado.

Pero algunos no quisieron escucharla. Empezaron a llamarla serpiente. Decían que era de sangre fría, que ella planeó todo para quedar bien y que los demás quedaran mal. Que siempre estaba tratando de llamar la atención. Los comentaristas publicaron emojis de serpientes en las redes sociales de Taylor. El *hashtag #TaylorSwiftIsOverParty* se puso de moda en Twitter. Artículos con títulos como "¿Cuándo te diste cuenta por primera vez de que Taylor Swift te mentía?", comenzaron a aparecer en Internet.

Taylor estaba destrozada. Siempre había tratado de agradar a la gente. Ahora parecía que el mundo entero la rechazaba. En agosto, escribió en su diario: "Este verano es el apocalipsis". Se sentía como el fin de su mundo.

En el otoño de ese año, Taylor comenzó a salir con el actor británico Joe Alwyn, y acordaron que sería mejor para su relación mantenerla en privado. Su relación duró seis años.

Taylor con Joe Alwyn, 2020

Taylor actuó en eventos en octubre y febrero. Pero después de eso, pareció desaparecer. Rara vez se le veía en público. No publicó nada en las redes sociales ni concedió entrevistas.

En agosto de 2017, Taylor reapareció de nuevo, pero no fue para una actuación o el anuncio de un álbum. Tuvo que ir a los tribunales.

Durante un evento con una estación de radio en 2013, el DJ Dave Mueller tocó a Taylor de una forma que la hizo sentir incómoda. Ella lo denunció a sus jefes y fue despedido. En 2015, él demandó a Taylor por varios millones, alegando que ella había arruinado su carrera. Taylor lo contrademandó por un dólar. Ella testificó en la corte sobre lo sucedido y ganó el caso. Taylor dijo que con esto esperaba animar a otras mujeres a no quedarse calladas cuando fueran agredidas sexualmente.

Más tarde, en 2017, las "Rompedoras del Silencio" que denunciaron que habían sido abusadas fueron nombradas Persona del Año por la revista *TIME*. Taylor fue una de las mujeres que las representó en la portada de la revista.

El 18 de agosto, Taylor eliminó sus publicaciones en las redes. Su sitio web era una pantalla negra. Luego, publicó un video de una serpiente en Twitter.

Unos días después, Taylor anunció su nuevo álbum. Se llamaría *reputation*.

CAPÍTULO 8
Mira lo que me hiciste hacer

Taylor no concedió entrevistas para promocionar su nuevo proyecto. Se limitó a realizar sesiones de escucha secretas con sus fans, similares a las que había hecho para su álbum *1989*. También devolvió toda su música a Spotify.

Taylor lanzó *reputation* el 10 de noviembre

de 2017. Era muy diferente de sus otros trabajos. Tenía algunos de los elementos de la música electrónica de baile que usó en su álbum anterior, pero usaba más ritmos de hiphop. En algunas canciones, Taylor interpretaba el papel de "serpiente" de sangre fría como había sido llamada en 2016. La letra contaba historias sobre cómo ser mala y causar problemas. Pero otras canciones del álbum eran más optimistas. Se centraban en encontrar el amor y la paz.

El álbum *reputation* de Taylor debutó en el número uno en las listas *Billboard* de EE. UU. Se convirtió en el álbum más vendido en Estados Unidos en 2017.

Taylor comenzó la gira de *reputation* en Arizona el 8 de mayo de 2018. El espectáculo tuvo una iluminación impresionante y grandes números de baile. Una serpiente gigante llenó el escenario durante parte del concierto. Pero también hubo momentos más tranquilos, en los que Taylor tocaba la guitarra o el piano y cantaba. Habló honestamente sobre sus sentimientos y les agradeció a los fans por su apoyo. Después de cada espectáculo, Taylor todavía se reunía en privado con un grupo de fanáticos.

La gira terminó en Tokio en noviembre de 2018, y los espectáculos fueron vistos por más de 2,5 millones de personas. Cualquiera que pensara que la carrera de Taylor había terminado en 2016 se había equivocado.

Después de la gira, Taylor se sintió como no se había sentido en años. Había dejado de preocuparse por su peso y estaba más saludable. Había aprendido que no podía complacer a todo el mundo. Las únicas personas que importaban eran las que realmente se preocupaban por ella. Y Taylor ahora sabía que si algo malo le sucedía, podría recuperarse.

Taylor al fin se sintió fuerte para hablar sobre temas importantes. Durante las elecciones presidenciales de 2016, muchas celebridades apoyaron a uno de los dos candidatos. Taylor no lo hizo, y la criticaron por su silencio. Argumentaron que si Taylor hubiera apoyado a un candidato, muchos de sus seguidores en edad de votar se habrían registrado para hacerlo. Algunos incluso dijeron que tal vez Taylor podría haber cambiado los resultados de las elecciones.

Taylor había crecido en el mundo de la música country, donde los músicos se mantenían alejados de la política. Se les advertía que corrían el riesgo de enojar a la mitad de su audiencia si escogían un candidato. The Chicks, por ejemplo, habían perdido a muchos de sus fans después de criticar al presidente George W. Bush.

Pero Taylor sentía que tenía que hablar ahora. En 2018 se celebraba una importante elección por el Senado en Tennessee. Taylor vio que la candidata republicana, Marsha Blackburn, votó a favor de leyes que perjudicaban a la comunidad queer y votó en contra de las leyes que protegían a las mujeres de la violencia. (*Queer* es un término que describe a una persona que no es cisgénero y/o que no se siente atraída solo por personas del sexo opuesto). Taylor decidió hacer una declaración contra Blackburn. Quería anunciar que apoyaba al oponente de Blackburn, el candidato demócrata Phil Bredesen.

El equipo de gestión de Taylor estaba en contra de su plan. Les preocupaba que pudiera perder fans. Su padre temía que pusiera a Taylor en peligro. Pero ella sentía que tenía que hacer algo.

En octubre de 2018, Taylor explicó su decisión en Instagram. También animó a la gente a registrarse para votar. En las veinticuatro horas posteriores a su publicación en línea, 65 000 personas se registraron para votar.

Taylor se sintió decepcionada cuando Blackburn ganó. Pero ahora se sentía más libre y se alegraba de haber defendido su punto de vista.

Taylor decidió dejar Big Machine Records cuando su contrato terminó en 2018. Antes de partir, intentó comprarle sus grabaciones maestras a la compañía. Estas grabaciones son las originales, de las que se hacen todas las copias futuras. El dueño de los másteres tiene los derechos de autor de esa grabación. Los intérpretes, letristas y dueños de canciones ganan dinero cada vez que se reproduce una canción en la radio o en un servicio de *streaming*. Pero el dueño del máster gana mucho más. Al dueño del máster también se le paga si la grabación se utiliza en películas, programas de televisión o videojuegos.

Taylor poseía créditos de composición en su música. Pero ella también quería los másteres. Sentía que esas grabaciones contaban la historia de su vida. Eran personales. Al final, no llegó a un trato con Big Machine, y se quedaron con sus másteres. En noviembre de 2018, Taylor firmó un contrato discográfico con Universal Music Group. Este contrato le permitía ser dueña de las grabaciones maestras de sus nuevos álbumes. Taylor estaba tomando el control de su futuro.

CAPÍTULO 9
Miss Americana

A principios de 2019, Taylor actuó en la versión cinematográfica del clásico musical *Cats*. ¡Era perfecto para esta amante de los gatos!

El elenco asistió a la "escuela de gatos" antes de filmar. Pasaron horas practicando cómo se mueve un gato y aprendiendo cómo piensan los gatos. Taylor también escribió una nueva canción para la película *Beautiful Ghosts* junto con el compositor de musicales, Andrew Lloyd Webber.

En abril de 2019, Taylor lanzó un video de su nueva canción "ME!". En una parte del video, Taylor sostiene a un gatito. Durante el rodaje, se enamoró del gatito y lo adoptó, llamándolo Benjamin Button.

En junio de 2019, Big Machine vendió el sello discográfico y todos los másteres de Taylor a una empresa propiedad de Scooter Braun. Scooter representaba a varios músicos exitosos. Taylor estaba horrorizada. Scooter había sido uno de sus peores acosadores en 2016 porque se había puesto públicamente del lado de Kanye. Saber que Scooter ganaría dinero con su trabajo anterior afectó mucho a Taylor.

Scooter Braun

El 22 de agosto de 2019, contraatacó. Anunció que volvería a grabar todos los álbumes que había hecho para Big Machine. Taylor esperaba que la gente escuchara más sus nuevas versiones que las antiguas.

Al día siguiente, Taylor lanzó *Lover*. Lo llamó "una carta de amor al amor mismo". Con este álbum, volvió a crear música pop más ligera, después de la oscuridad y los ritmos de baile estridentes de *reputation*. *Lover* se convirtió en el álbum más vendido de 2019.

En enero de 2020, *Miss Americana*, un documental sobre los últimos años de la vida de Taylor, se estrenó en el Festival de Cine de Sundance en Utah. Trataba sobre los sentimientos y las habilidades de composición de Taylor. También la mostraba hablando sobre sus antiguos problemas con su imagen corporal y sus hábitos de alimentación poco saludables. Los expertos en trastornos alimenticios elogiaron su honestidad y esperaban que esto alentara a otras personas con problemas similares a buscar ayuda.

Taylor planeaba salir de gira en 2020, pero decidió hacerla más corta de lo habitual porque el cáncer de su madre había regresado. Quería estar cerca de ella el mayor tiempo posible.

Volver a grabar

Taylor Swift no es la primera cantante en volver a grabar su música para adueñarse de los másteres. En 1960, el famoso cantante Frank Sinatra fundó su propia compañía discográfica. Decidió volver a grabar sus canciones para su nuevo sello discográfico para ganar más dinero con ellas. La estrella del country Reba McEntire y la banda de rock Def Leppard también han

Reba McEntire

grabado de nuevo su música como una forma de adueñarse de los másteres. Muchos artistas han vuelto a grabar sus canciones cuando una película o un programa de televisión se las piden para usarlas.

Pero los planes de Taylor cambiaron drásticamente. En marzo de 2020, un virus mortal causó la pandemia de COVID-19, que cerró la mayoría de las fronteras. Los gobernantes les exigieron a las personas que no salieran a la calle para evitar la propagación de la enfermedad. Como todos, Taylor siguió las reglas y se quedó en casa. Veía películas antiguas y leía novelas clásicas. Cuando alguno de sus fans hablaba sobre sus problemas financieros en las redes, le enviaba dinero. También donaba a los bancos de alimentos que ayudaban a los que habían perdido sus trabajos.

Al principio de la pandemia, se publicó la grabación completa de la conversación telefónica de Taylor con Kanye West en 2016. Se demostró que Kanye había mentido y que Taylor no le había autorizado a decir cosas que la perjudicaban. Pero Taylor ya lo había superado.

El 23 de julio de 2020, Taylor sorprendió al

mundo anunciando que planeaba lanzar su octavo álbum esa noche a la medianoche. Dijo que se llamaría *folklore*.

Este no se parecía a ninguno de los anteriores. Por lo general, sus canciones eran sobre sus sentimientos y experiencias. Esta vez, las canciones eran sobre personajes inventados. Los instrumentos de fondo utilizados eran en su mayoría guitarras y teclados. Sonaban más a canciones folclóricas que a música pop o dance. Taylor lo había grabado de forma remota, trabajando con productores y compositores a través de video llamadas y sesiones de grabación. Luego, el 11 de diciembre, dos días antes de cumplir treinta y un años, lanzó otro álbum. Al igual que *folklore*, *evermore* contaba historias sobre personajes de ficción. Taylor dijo que después de terminar *folklore,* "simplemente no podíamos dejar de escribir canciones... así que seguí escribiéndolas". En marzo de 2021, *folklore* ganó el premio al Álbum del Año en los Premios Grammy. Taylor se convirtió en la primera mujer en ganar el premio tres veces, rompiendo su propio récord.

En abril de 2021, Taylor lanzó el primero de sus álbumes regrabados. *Fearless (Taylor's Version)* mostraba su enfoque del proyecto. Intentó grabar las canciones de la misma manera que había grabado las originales. Solo hacía cambios cuando era necesario. También incluyó seis nuevas canciones. Estas eran canciones que había escrito mientras grababa originalmente *Fearless,* pero que no habían podido encajar en el álbum.

Taylor siguió en noviembre con el lanzamiento de *Red (Taylor's Version).* El mayor cambio fue en la canción "All Too Well". El original tenía menos de seis minutos de duración. La nueva grabación duraba diez minutos, y Taylor dirigió el video musical.

Parecía que la música de Taylor estaba en todas partes en 2022. Pero la propia Taylor hizo muy pocas apariciones. Se presentó en los MTV Music Awards en agosto. Al aceptar el premio al Video del Año por "All Too Well", hizo un anuncio sorpresa. Su próximo álbum saldría a la venta en octubre.

Retribuir

Taylor ha ganado mucho dinero, pero también retribuye a los necesitados. Ayudó a comprar una casa para una fan embarazada que no tenía hogar. Envió dinero a un fan para ayudar a pagar su matrícula universitaria y le dio a otro $1989 para su deuda de préstamo estudiantil. Donó $15 500 para ayudar a la familia de un fan cuya madre estaba en coma. Pagó por un perro lazarillo para un fan con autismo y donó $10 000 para tratar el cáncer de otro fan. Ha donado cientos de miles de dólares a la investigación del cáncer.

Taylor también ha donado a grupos que ayudan a las personas víctimas de agresión sexual y de violencia doméstica. Ha donado dinero a la lucha por los derechos de los homosexuales.

Y, por supuesto, Taylor ha donado dinero a grupos de rescate de gatos y refugios de animales.

CAPÍTULO 10
La versión de Taylor

Taylor dijo que su nuevo álbum, *Midnights*,

Midnights

nació de la pregunta "¿Qué no te deja dormir por la noche?" El álbum demostró que incluso las personas exitosas luchan con su baja autoestima.

El 1 de noviembre de 2022, Taylor anunció su primera gira desde 2018. Se llamaba Eras Tour, y cada uno de sus álbumes representaba una época diferente en su carrera. Las entradas saldrían a la venta el 18 de noviembre. Pero los fans que reservaron un código especial pudieron comprar boletos el 15 de noviembre. Ese día, millones de usuarios intentaron obtener boletos a través de Ticketmaster, pero el sitio web colapsó debido a tanto tráfico. Muchas de las entradas fueron a manos de revendedores profesionales, que las revendieron a los fans a precios muy altos.

El desastre de la venta hizo que algunos fans demandaran a Ticketmaster, y el gobierno de EE. UU. inició una investigación a Ticketmaster sobre su control de la venta de entradas.

La gira comenzó en marzo de 2023, Taylor interpretaba varias canciones de diferentes etapas de su larga carrera. Canciones como "Tim McGraw" y "You Belong With Me" de su época country, "Shake It Off" y "We Are Never Ever Getting Back Together" de su época del pop, y "...Ready for It?" de su época oscura y difícil. El espectáculo se convirtió en uno de los eventos más importantes de 2023. Muchos fanáticos jóvenes pudieron ver a Taylor en vivo por primera vez. Los fans que crecieron con ella llevaron a sus hijos.

La gente hacía fila afuera de los estadios durante días solo para poder comprar la mercadería oficial de la gira. Los que no podían conseguir boletos se reunían afuera de los estadios para escuchar y cantar junto con ella. Fue una oportunidad para que los fans de toda la vida se reencontraran y para que los nuevos fans hicieran amigos. El espectáculo pareció unirlos a todos.

El 7 de julio de 2023, Taylor lanzó *Speak Now*

(Taylor's Version). El álbum llegó al primer lugar en las listas de *Billboard*, uniéndose a *Midnights*, *folklore* y *Lover*. Ella es la primera mujer en tener cuatro álbumes en la *top ten* de *Billboard* al mismo tiempo.

Taylor ha tenido un enorme impacto en la industria musical. Ella usaba sus canciones, giras y publicaciones en las redes para

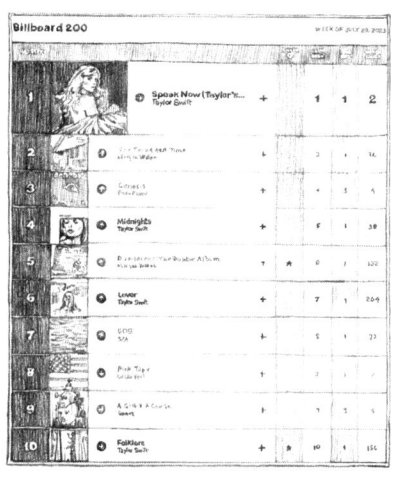

conectarse con los fans, logrando una increíble lealtad de ellos. Su batalla con Apple Music cambió la forma en que el servicio de *streaming* paga a los músicos. El éxito de los álbumes de *Taylor's Version* ha demostrado a otros artistas la importancia de ser dueños de su trabajo y que pueden recuperar lo que por derecho les pertenece. Taylor ha vivido su vida frente al mundo, y no siempre ha sido fácil.

Rituales del Eras Tour

Para los fans de Taylor, el Eras Tour fue una experiencia interactiva. La audiencia no solo escuchaba sus canciones. Sabían cuándo cantar ciertas partes muy alto. Entonaban cantos usados en otras giras y añadían nuevos coros a las canciones más recientes. Compartir pulseras de la amistad se convirtió en una parte importante de la gira.

Algunos fans hacían brazaletes que esclarecían letras de las canciones de Taylor, cantos del show u otras palabras con significados especiales. Los fans hacían amigos mientras intercambiaban brazaletes antes y durante el espectáculo. Después, compartían fotos y videos de las pulseras en las redes. Las pulseras fueron una forma de crear recuerdos del espectáculo de su vida.

Ha pasado por primeros amores y desgarradores desamores en público. Cuando plasmaba la historia de su vida y sus emociones en canciones, algunos se reían de ella. Otros, sin embargo, encontraban consuelo al saber que alguien más tenía los mismos sentimientos. Hay algo para todos en la música de Taylor. La internet está llena de artículos con títulos como "Una canción de Taylor Swift para cada situación" o "Una letra de Taylor Swift para cualquier emoción".

Ya Taylor ha dejado atrás o establecido relaciones con muchas de las personas sobre las que escribió en sus canciones, incluida Katy Perry.

En mayo de 2022, Taylor recibió un doctorado honorífico en Bellas Artes de la Universidad de Nueva York. Le habló a los graduados de lo que había aprendido a medida que crecía. Le dijo a la audiencia que cometerían errores en la vida, al igual que ella. Pero explicó que de lo que más había aprendido era de sus fracasos. Les recordó a los

graduados que cuando las personas pierden algo, a menudo también ganan algo.

El 2023 de Taylor estuvo lleno de grandes logros. En octubre, lanzó el álbum *1989 (Taylor's Version)* y la película *Eras Tour*. Tanto el álbum como la película la ayudaron a romper varios récords. En diciembre, se convirtió en la primera cantante viva con cinco álbumes en la lista de los *top ten* de *Billboard* al mismo tiempo. Ese mismo mes, la película *Eras Tour* se convirtió en la película de conciertos más exitosa de todos los tiempos. Debido a sus logros, la revista *TIME* la eligió como su Persona del Año.

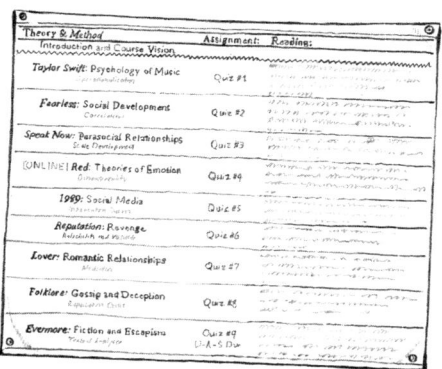

Curso universitario sobre las canciones de Taylor

A Taylor se le ha conocido por muchas cosas: cantante de música country, estrella del pop, imán de chismes, mujer de negocios, amante de los gatos y amiga de sus fans.

Pero ella se considera primero que todo una letrista. Para Taylor, todo comenzó con las palabras y la escritura. Algunos profesores incluso imparten cursos en los que las letras de Taylor se estudian como literatura y sus álbumes se utilizan para hablar de diferentes temas en Psicología (el estudio de las formas en que las personas piensan, sienten y se comportan).

La vida de Taylor ha sido su propia forma de literatura, ¡un libro muy abierto! Una vez dijo: "Siempre veo los álbumes como capítulos de mi vida. Y a los fans, estoy muy feliz de que les guste este. Estoy muy feliz de que esto signifique que este les gustó. Pero tengo que ser muy honesta con ustedes sobre algo: estoy aún más entusiasmada con el capítulo que viene".

Cronología de la vida de Taylor Swift

1989 — Taylor Swift nace el 13 de diciembre en West Reading, Pensilvania

2002 — Comienza a tocar la guitarra y a escribir canciones.

2003 — Firma un contrato de desarrollo con RCA Records

— Se muda a Nashville

2005 — Firma un contrato discográfico con Big Machine Records

2006 — Lanza su primer álbum, titulado *Taylor Swift*

2008 — Lanzamiento de *Fearless*

2010 — Gana el premio al Álbum del Año por *Fearless* en los Premios Grammy

— Lanzamiento de *Speak Now*

2012 — Lanzamiento de *Red*

2013 — Abre el Taylor Swift Education Center en Nashville

2014 — Lanzamiento de *1989*

2017 — Nombrada Persona del Año por la revista *TIME* como una de las "Rompedoras del Silencio"

— Lanzamiento de *reputation*

2019 — Lanzamiento de *Lover*

2020 — Lanzamientos de *folklore* y *evermore*

2022 — Lanzamiento de *Midnights*

2023 — Comienza el Eras Tour

Cronología del mundo

1989 — Cae el Muro de Berlín que separaba las dos Alemanias

2001 — Terroristas secuestran aviones y los estrellan contra el World Trade Center y el Pentágono

2005 — Se sube el primer video de YouTube

2008 — Se estrena *Iron Man*, la primera película del Universo Cinematográfico de Marvel

2009 — Barack Obama es investido como el cuadragésimo cuarto presidente de los Estados Unidos

2012 — La *Encyclopaedia Britannica* finaliza su edición impresa y estará disponible únicamente en línea

2014 — Desaparece el vuelo 370 de Malaysia Airlines

2017 — Alrededor de quinientas mil personas participan en la Marcha de las Mujeres en Washington D.C.

2018 — Científicos encuentran evidencia de agua en Marte

2019 — Maine se convierte en el primer estado en prohibir los envases de espuma de poliestireno

2020 — La pandemia de COVID-19 se extiende por el mundo

2021 — Juneteenth se convierte en feriado federal

2022 — Rusia invade Ucrania

2023 — La USDA aprueba la primera vacuna para insectos para proteger a las abejas melíferas de una enfermedad mortal

Bibliografía

Aguirre, Abby. "Taylor Swift on Sexism, Scrutiny, and Standing Up for Herself." *Vogue*, August 8, 2019. https://www.vogue.com/article/taylor-swift-cover-september-2019.

Eells, Josh. "The Reinvention of Taylor Swift." *Rolling Stone*, September 8, 2014. https://www.rollingstone.com/music/music-news/the-reinvention-of-taylor-swift-116925/.

Hiatt, Brian. "Taylor Swift in Wonderland." *Rolling Stone*, October 25, 2012. https://www.rollingstone.com/music/music-news/taylor-swift-in-wonderland-180107/.

Hiatt, Brian. "Taylor Swift: The Rolling Stone Interview." *Rolling Stone*, September 18, 2019. https://www.rollingstone.com/music/music-features/taylor-swift-rolling-stone-interview-880794/.

Klosterman, Chuck. "Taylor Swift on 'Bad Blood,' Kanye West, and How People Interpret Her Lyrics." *GQ*, October 15, 2015. https://www.gq.com/story/taylor-swift-gq-cover-story.

Mischer, Don, and Ryan Polito, directors. *Journey to Fearless*. Film Signal, Hasbro Studios, 2010. 2 hr., 11 min.

Raab, Scott. "Why Taylor Swift Welcomed You to New York." *Esquire*, October 20, 2014. https://classic.esquire.com/article/2014/11/1/taylor-swift.

Snapes, Laura. "Taylor Swift: 'I Was Literally About to Break.'" *The Guardian*, August 24, 2019. https://www.theguardian.com/music/2019/aug/24/taylor-swift-pop-music-hunger-games-gladiators.

Stubbs, Dan. "Taylor Swift: Power, Fame and the Future." *NME*, October 9, 2015. https://www.nme.com/features/taylor-swift-power-fame-and-the-future-the-full-nme-cover-interview-549.

Swift, Taylor. "30 Things I Learned Before Turning 30." *Elle*, March 6, 2019. https://www.elle.com/culture/celebrities/a26628467/taylor-swift-30th-birthday-lessons/.

Wilson, Lana, director. *Miss Americana*. Tremolo Productions, 2020. 1 hr., 25 min. https://www.netflix.com/title/81028336.

702